KB056034

삶, 그리고
포토그라피

삶, 그리고 몽타쥬

진상록 시집

陳尙錄 詩集

산다는 건
그리운 마음에 소망을 꿰어
사랑을 낚는 일이다

생각나눔

시인의 말

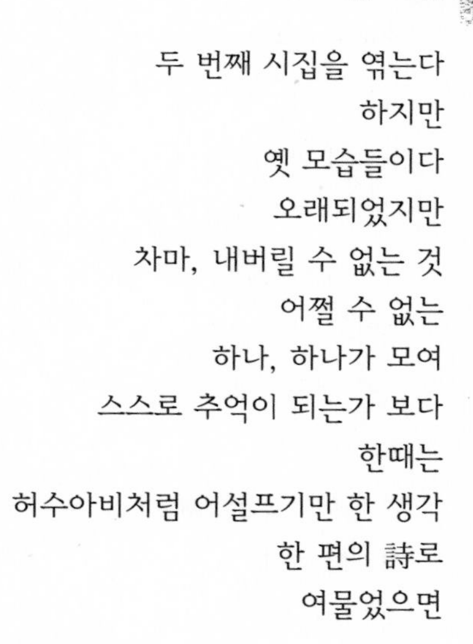

두 번째 시집을 엮는다
하지만
옛 모습들이다
오래되었지만
차마, 내버릴 수 없는 것
어쩔 수 없는
하나, 하나가 모여
스스로 추억이 되는가 보다
한때는
허수아비처럼 어설프기만 한 생각
한 편의 詩로
여물었으면

2015년 12월
진상록

차례

제 2 부

제 3 부

제 4 부

제 5 부

제 1 부

흔들리는 이유

연한 입김 같은
한 모금 바람에도
풀잎을 뒤흔들리게 하는 건
흔들고자 덤비는
바람의 손짓이 아니라
온몸 흔들려서
오직, 바람에게만은
어깨 기대고 싶은
풀잎의 속사정이리라

보고 보아도
푸석한 가슴을
마냥 뒤흔들리게 하는 건
초점 잃게 하는
초롱한 눈빛이 아니라
가녀린 영혼이
유독, 그대에게만은
쉬이 흔들려도 좋은
나의 이유이리라

추억에는 거리가 있다

사랑으로 걷는
오르막길에는
걸음, 걸음마다
숨이 가빠도 좋아라
서로 다른 모습
닮아 가는 하나가 되기 위해
두 마음 맞잡으니
마주 보고 가는 거리는
가까워지고
가까워지고

이별로 달리는
내리막길에는
원치 않는 걸음
멈추지 못해 슬퍼라
한 곳 바라보던 두 눈길이
다른 길로 시선 돌리며
제 마음 떠미니
뒤돌아서지 못할 거리는

멀어지고
멀어지고

야상곡夜想曲

어둠을 뒤집는다

죽순처럼 불쑥 치솟는
몽상 짝지어 내걸고
야밤에
新새벽을 저울질한다

하이얀 망막
붉은 잿물이 가리키는
샛길 따라
너를 찾아 나서면

가는 길 쉬이 헤매고
가야 할 한 곳
바삐 갈수록 멀어진다

새벽 건너다 발목 잡혀
이내 동공 속 피어나는
아! 우담바라

마주 보는
나마저, 혼절하고도 남을

하늘과 땅

짧은 生에도
타는 목마름 하나로 삭힌 갈증 뱉어내는
고독한 나 같은
한 사람이 있다면

초침 붙들고
잠시 선 자리에서 눈을 감고
보고 보아라

올려다보는
하늘이 땅인 듯
내려다보는
땅이 하늘인 듯

눈 감은 세상은
서로 다른 이유 서둘러 말해야 하는
변명 파묻어 버린
하얀 초원의 하늘이다
굴곡마저 없는

그대는 순간
구름을 딛고 올라 서 있으며
그 하늘 품 안에서
이제, 사뿐 걸어보는 거다

사랑의 변주곡

짜 맞춘 듯
경계의 직선 그어
헝클어진 세상 얽히고설킨
곧음이
소유의 장벽을 두른다
더 가지려 발버둥 치는 건
내면의 은막 속에
자신을 가두고 옥죄는 일이겠기에
되돌아오지 않을 버린 몫이어도
먼저 내주고 볼 일이다
다 주고 나면
언젠가 잊혀질 거라는 걸
쉬이 짐작할지라도
사랑 앞에서는
차라리
허물어짐이 빛난다

사랑의 변주곡 2

문득, 철이 들어갈 즈음
그러나, 삶의 무게 중심을 잡지 못하도록
나를 흔들리게 하는 것
이 세상 흐리게 하는 뽀얀 먼지
폭 뒤집어쓴
다름 아닌 이성이었다

날마다 들춰 본 탓에
낡아버린 허상들을 또 끄집어내어
하나 둘 조각내고
빈 호주머니 구석진 곳
깊숙이 접어 넣는다

동그란 손거울 하나 들고
새삼 새로울 것도 없이 늙어가는 나와 마주하면
하얀 고독으로 표백된 얼굴에 와 닿는
검은 동공의 평행선 줄기
날카로운 잣대를 대어
넘지 못할 경계의 굵은 직선을 긋는다

팽팽하게 늘어선 줄 위에
아슬아슬 발 내딛는 한순간의 감정이
꽉 다문 입술의 말문을 틀어막고
위기의 접점 한가운데로
나를 내몰아 세워도

진정, 모르고 모를 일이라는
알싸한 것으로만
사랑을 알 뿐이다

바람에게 사연을 묻는다

휙, 스치는 바람아
너에게 사연을 묻는다
한 곳에 서서
먼 하늘 마냥 바라보다
너와의 짧은 만남에도
외면하여 돌아서질 못하고
흔들리고야 마는
한 영혼에 귀 기울여다오
정돈된 꼬임으로 소용돌이치는 세상
이미, 돌아다 본 청춘아
귓불 간질이다
감춰둔 기억 들춰내고
맨가슴 긁어대다
잊었던 상심 건드려
아문 상처 덧내지 말고
네 입김에 스민 속내를 전해다오
머물지 않고
바삐, 달려가는 이성아
쉬지도 않고

끝내, 나처럼 떠돌기만 하는
너에게 이유를 캐묻는다

추억의 모자이크

잊지 말아야지 그러지 말아야지
애써 다짐했던 건
얼버무린 채 잊은 지
손꼽아 보지 않아도
벌써, 오래다

잊어야지 이젠 잊어야지
속으로 되뇌던 건
쉬이 잊혀질 줄 모른 채
밤낮 가리지 않고
젖은 영혼을 저울질한다

가지고자 하는 것과
내버리고자 하는 것들이
혼잡한 머릿속을 뒹굴다 얼굴 맞부딪치면
서로 밀어내질 못하고
철썩, 뒤엉켜 붙는다

내게는 어울리지 않는

추억의 모자이크
거리를 두고 보면
가끔은, 낯설지 않을 때가 있다

그런 까닭으로
다시, 꿈을 짓는 거야

사랑 별곡

아우성 없는
청춘이야
어디 있으리오마는
가만, 가만히
버린 듯 내버려둬도
홀로 빛나는 숯불처럼
발갛게 타오르는
나의 이성아!
내 안에서 샘솟는
천둥의 울림마저도
쉬이, 저울질하겠는가

그리움 없는
이별이야
어디 있겠는가마는
까짓것 잊으리라
되새김질 집어삼키면
절로 터지는 입덧처럼
울컥 솟구치는

나만의 이름이여!
한 사람을 위한
영혼의 떨림마저도
그대, 외면하려는가

밤의 이야기

뾰족한 햇살이
제멋대로 파헤쳐 놓은
감출 수 없는 상처 하나
뭉툭한 손등에 내려앉은 어둠 한 자락이
여린 감정의 속살 덩어리를
핀셋 되어 헤집고 어른다

검은 장막 휘두른
낯익은 밤의 넓은 가슴이
멀리 내다볼 수 없는
눈덩이에 휘장을 치고
열어도 닫히는 고장 난 문짝처럼
슬그머니 꽁무니를 빼는
마음의 문고리를 잡아당긴다

잊을 수 없는 것
쓸쓸한 낙엽처럼 낱장으로 뒹굴던 사연들이
밤이 되면
서로 어깨동무한 채

저만 생긋이
살가운 손님 행색으로
된바람에 업혀 쉽사리 찾아들고

언제나, 그 바람을 피하지 못해
온 밤을 서성인다

밤의 이야기 2

어둠이 깊어질수록
상념의 영역이 넓어진다
제멋대로

낮 동안 잊었던 사연들
새벽에 마실 나갔던
밤이 돌아오면
봄 만난 새싹처럼 고갤 들춘다

어두운 방안에서
다만, 할 수 있는 일이라곤
너를 생각하는 일이다

혼자
해야 할 것이라곤
서슴없이 다가오는 아침을
기다리지 않는 일이다

절반의 사랑

절반의 사랑과
나머지 반의 아픔을 더해야만
온전한 추억으로
네가 읽힌다

쉬이 내버리기
아까워 아쉬워할수록
붙잡는 손아귀에 안간힘을 보태고

때로는
기꺼이, 품 안에 간직한다 해도
나도 모르게 내버리면서
그 사실
아예, 잊은 지도 몰라

절반의 웃음에서
나머지 반의 눈물을 보태어야만
내 속에 파묻힌 네가
설핏, 보이지만

그것으로
이미, 충분하고도 남는다

내용 없는 슬픔

내용 없는 슬픔은 아름다운 고독이다

층층이 쌓인 상념의 층계를 집고
푸른 평원의 흰 속살에
검게 그을린 시선 하나 포갠다

조급한 삶의 물굽이
성난 물살로 달려들지 않고
넉넉한 호흡
가만히, 가만히 시 한 수 읊조리듯 내쉬며
잃어버린 흔적의 낱장 긁어모아
서툴게 살아온 대가인
내 몫의 그리움을 손질한다

고개를 휘저어도
절로, 보이는 것들

느낌을 뿌리쳐도
아직, 다가오는 것들

두 눈을 꼭꼭 감아도
선한 파도처럼 밀려와 영혼에 부딪고 가는
슬픈 곡선의 한 줄 메아리가
지금쯤 어딘가에서 누군가와 또 소리 없이 맞닿아
먼 길 되돌아올 시간

희미한 기억들이 발자국의 방향을 돌린다

다시, 사랑하고픈 날에

저무는 서녘
석양의 온기로 데워지면
빈 가슴도 덩달아 바알갛게 익어
가끔은
위험한 상상에 젖는다

뿌리치는 손목을
다시 붙잡아 돌려세워도
쉬이, 허락되지 못했던 한 글자
감춰둔 사진처럼 몰래 꺼내
이미 발목 잡힌
흐린 기억 속 시간을 편집한다

생각나는 것보다
잊히는 속도가 날로 빠르지만
기우는 태양의 영토에서
시곗바늘은
바람 불지 않아도 혼자 돌아가는
역회전의 바람개비이다

쉬이 잊은 척
허수아비처럼 한마디 말없이 숨겨 버티지만
정작, 잊지 못해
혼잣말 툭, 소릴 삼키며 내뱉는
낡은 한 글자

다시, 사랑하고픈
한 글자가
다 저문 서녘을 물들인다

그리움에 느낌표를 매달다

네모난 창가
동그란 그리움이
빗금 그으며 달라붙는다

마른 가지
된바람에 휘어 부러지는 듯
엇갈린 생각들이
서로 꺾이며 부닥치는 듯
톡, 톡

흐르다가, 흐르다가
한순간 눈앞에 잠시 머물고
눈물처럼 창문 볼을 타고 내리다가
끝내 흐르지 못하고
한 덩어리로 뭉친 빛이
방울방울 사연 되어 맺힌다

소리로 채워진 하늘
가만, 가만히 바라보다

버겁다, 버겁다고 녹록하지 않은 마음 달래보는
간헐한 입김 한 모금에
얼룩진 도화지

비가 오는 날
투명 물감 채색된 수채화 속에서
숨죽여
임 소식 대신 전하는 빗방울의 느낌을
하나 둘 해독하고 있다

제 2 부

내게 위안이 되는 것은

내게 위안이 되는 것은
서로 맞부딪치면서
날마다 표정을 바꾸는 바람이었다

어디에선가 다가와
어디론가 훌쩍 말없이 사라지고
얼굴에, 가슴에 와 닿아
한순간 주위를 샅샅이 맴돌다가
홀연히 흩어지지만
잊지 않고 다시 찾아와
아린 상처 제 몸처럼 어루만져 주는
어제의 그 바람이었다

스윽, 스윽
귓가를 스치는 바람의 손바닥에
고이, 고이 접어 당부하듯 실어 보내는
말 못할 사연

나를 스쳐 가는
그 바람이 네게도 닿기를

내 그림자는

지나간 자리에 흔적이 남는다
흔적이 남긴
그림자는 저마다 고독하다

보일 듯이 보이지 않는
스쳐 간 자국을 애써 바라보는
빈 가슴 속은
안개 자욱한 대지

허공에 희미한 곡선
잠시 그렸다 사라지는 새처럼
잠시 내 생을 훑고 간 조각들이
빈 가슴속 한 평에
제 자리를 잡고는

어둔 밤마다 불쑥, 불쑥 치솟는다
죽순처럼

살다 보면, 길이란 것이

막힌 곳 돌아선다
되돌아 나온 길 다시 돌아서서 간다
살다 보면 그런 일 허다하다
검은 동자에 힘주어
저 멀리 내다보아도
가고자 하는 발돋움의 끝은
아른거리다가 출렁이는 신기루의 숲
넓어도 좁게만 보이는
사각의 혼돈
살다 보면, 유혹의 샛길
좁다란 골목의 눈동자는
왜 이다지 빛을 발하는 건지
잠시
속살 보여주는 찰나
동공을 향해 마구 쏘아대는 햇살에
길은 다시 가려지고
메아리같이 떠도는 영혼의 음성 하나가
정녕, 가려는 곳 어디인지
묻고 되묻는다
들릴 듯 들리지 않게

잡초

아무렇지도 않게
아무 곳에나 막 자라나
제 빛을
안으로, 안으로 감출 줄 알아
더 빛나는

아무도 몰래
없어진 줄도 모르게
그냥
줄 것 다 내주고 사라지고 마는
숭고한 것들

외마디 불평 따위 하지 않는
삶을 아는 보살들

생각 더듬이

산다는 것으로부터
문득
자유롭지 못할 때 있다

성장이 멈춘 육신을 지배하는
검은 이성의 덤불 속에서
내 연한 더듬이는
한 토막씩
한 토막씩
나이테의 뱃살을 두둑이 불려가며
해마다
길게, 길게 자라도

나를 가로막고 서 있는
장애물은 아무것도 찾을 수 없었다
나 이외에는

빗방울

후두둑
후둑

잘못한 일이라곤
하나도 없는
결백한 유리 창문을 회초리로 후려갈기는
갑작스런 소란

내가 갇혀서
이성의 감옥에 갇혀서도
아직
살아 있었나 보다

후두둑
휴우

그리움의 노선

고개를 젖히게 하던
버스는 왔지만
타고자 하는 버스는
노선을 감췄다

다시 올 버스를 위해
고개만 돌리다가

기다려도 오지 않는
네가 그리워졌다

꿈 이야기

알 것도 같고
모를 것 같기도 한
초라한 행색의 한 사나이가
나를 표적으로
마구
마구
걸어왔어
또각또각, 규칙적으로

얼굴이 가려진 사나이가 내딛는
한 걸음, 걸음은
수천 리

검은 손아귀로 목덜미를 낚아채려는
아찔한 정점에
악몽의 낙인을 찍고야 마는
한 묶음의 허상

꼭 숨어 있던

집착도

새까만 옷을 한 꺼풀 벗었다

탁자 위의 우주

유리 놓인 탁자 위에
나를 가둔
사각의 우주가 있다
쓰지 못할 펜 몇 자루 가슴에 꽂은 채
제구실 못하고 방황하는 연필꽂이와
자리 잃고 왔다 갔다 서성대는 빈 담뱃갑
재떨이 속에 쌓이고 쌓여
부처가 되어 가는 짓이겨진 꽁초 무덤
아무 데나 자리 깔고 앉아
주인 행세하는 먼지 틈에서
나 덩그러니 한 자리를 꿰차고 있다
자리를 차지하고도
침묵으로만 속내 표현하는
세상 저편의 것들
유리 속 세상에 갇혀
서로 바라보는 고정된 것들은
저마다 시선이 슬프다
투영된 것 중에 단 하나
정지된 룰을 깨고

홀로 돌아가는 시계를 보노라니
이 순간에도 째깍째깍 나이테 돌아가는
나 역시
고독할 수밖에

잃어버린 낙서

어릴 적에는
뜻도 모를 낙서를 즐기다가
어느 한 날은
마음을 한 곳에 못 박은 채
편지를 온 밤새워 썼지
마음 담아 쓰는 글이
과녁을 빗나가는 화살처럼 제멋대로일 때
시인이라면 하는
누구나 한 번쯤 하는 생각 품어 봤어
부적처럼 비밀로 간직한 소망
바라던 시인이 되었건만
들키고 싶지 않던 그 하나가
이제는 얼굴을 가리는 가면이 될 줄이야
내면을 숨기는 가식이 될 줄이야
미처 몰랐었네
알고도 남을만한 일이었음에도

생각의 평원

생각의 꼭대기에 있는
너른 평원

한 걸음씩
오솔길 계단 딛고 올라서면
걸음, 걸음마다
때아닌 헛된 망상

정상에 앉아
조각난 생각을 모으면
오히려
텅 빈 바구니

영혼을 훑고 가는 바람이
싱긋이
한 모금 미소를 짓는다

공터

바람이 쓸고 가버려
채워도
채워지지 않는

어둠이 흩어 놓아
가두어도
가둬지지 않지만

때로는 빗물이 휩쓸어
모아도
모을 수 없지만

바람 부는 어둔 밤에
혹여, 비라도 반갑게 내려준다면
상념이 없어 산뜻한
빈 마음 한 평

비 오는 날에는

비 오는 날에는
가슴에
작은 도랑물 졸졸거린다

머리에 떨어진
빗방울은
온몸 구석구석 적시다가
발길 따라
긴 강물 되어 뻗어 나간다

그리움의 고삐가 이끄는
한 방향으로

108계단

간밤에
18층 아파트 거실 바닥에
팔베개로 누워
108계단을 거닐었다
베란다 창문에
달팽이 마냥 찰싹 달라붙어
기웃기웃 넘보길 좋아하는 달 하나와
손 뻗으면 닿을 듯한 나 사이에
눈빛으로 딛는 계단
아지랑이처럼 가물거리는
계단 위에 올려진
내일이 흔들거렸다
청춘도 출렁거렸다
퇴근길, 손 맞잡은 딸아이가
독이 없는 가시로 가슴 콕 찌르던
말 한마디
또, 딴 생각하는 거야?
밤새껏
입속에서 달싹거리더라

아이가 보는 세상

아이가 바라보는
세상이
더 넓은 줄 이제야 겨우 알겠더라

세상 속에는
속내가 가려지고
숨겨진 것들이 많고 많아
더 이상
배워야 할 것들을
배우지 못한다

부끄럼을 잘 아는
아이의 얼굴에서
세상 살아가는 간절한 이치를
다시금 배우고 있다

제3부

줄기처럼

한나절 내리쬐는 햇빛에
젖어버린 꿈 하나
몰래 꺼내 말렸다

햇빛 사이를 뚫고
간신히 불어오는 바람에
젊은 날
잘 달궈진 절망도 한 두어 개 식혀 본다

매서운 열기에
온몸 흙빛으로 시들어 가는 풀잎처럼
청춘도 쉽게 지치건만

흐느적
흐느적
그러나, 부러지지 않고 버티는
한 포기 줄기처럼

좀 더

억척스러워지기로 하자
화려한 모습은 아닐지라도

탁 트인 세상

탁 트인 세상이
오히려
나를 가둔다
세상으로 나가는 출구에서
마음의 빗장을
더 걸어 잠그게 하는
네모난 쪽문
북적대는 사람들로 비옥한
세상은
내가 넘보는 것보다
넓고 넓어서
때론, 외롭기도 하고
그러다가
잠시, 혼자라서 고독하기도 한
탁 트인 감옥이다

영혼을 채우는 빗소리

한줄기 빗방울에
세상의 먼지가 씻겨나간다
텃세를 부리며
영토를 확장해 나가던
가슴 속 아픔도 미련도
몰매 맞고
후–두–둑 쫓겨난다
빗방울에 떠밀려 가는
뽀오얀 먼지를 벗 삼아
아픔도 멀리 떠나갔지만
언젠가 되돌아올
악착같은 것들을 위해서라도
다시
빈 마음이 되기로 한다
살다 보면 그만한 일쯤이야 하고선
괜스레
낭만주의를 꿈꾸어 본다

절름발이 바다

네모난 수족관 속
바다는 소리를 잃은 지 오래다
소리 없는 파도는
걸음걸음마다 절룩, 절룩거렸다

비좁은 거리를
바삐 지나가는 사람들
흘끔흘끔 눈길 잡아채는 듯
푸른 속살과 내장
아낌없이 다 들어내 보여 주는
누드의 바-다

투명한 유리 벽을 넘으려고
온몸 부딪혀가며
깨진 손톱으로 박-박 긁어대는
아! 절명의 바-다

절름발이 바다는
아무 일 없는 듯

나를 집어삼키는 것도 순간이었다
그리곤, 내내 묵묵부답이다

고독의 詩

커서의 깜박거림에
고독도
소리 없이 점등된다

굶은 일 잦아
하얗게 질려버린 얼굴이
불만 쌓인 더듬이를 곤두세운다

규칙적으로 반복하길 좋아하는
유혹의 눈짓 하나는
깜빡, 깜빡 눈동자로 나를 몰아세우고
온밤 내내
혼탁한 영혼을 압류하고야 만다

아! 나의 詩는
유달리 커 보이는 커서에 갇혀
맥없이 깜빡이고 있다

상처

몰래 내쉬던 한숨이
유독 많은 날 밤 홀로 마시는
한 잔의 소주는
내용이 그윽하다

어렵사리 훑고 지나간
오늘을 위해
홀로 잔 채워 마시는
야밤의 수채화

조금씩 조금씩
소주병이 비워질 때마다
상처도 비워진다

오늘이 비워진다

비 온 후에는

비 오는 날에는
태양도 구름 뒤에 몰래 숨어
얼굴 씻고
몸단장하는가 보다

비 온 후에
하얀 얼굴 빼꼼 드러내니
만물이 빛난다

온 세상이 화–안하다

빛나는 세상
끝에서 끝으로 불어오는 바람 한 줄기에
습기 젖은 마음 내걸고
세상과 닮아보련다

잠시 동안만
한 폭 수채화 같은 이 세상과
하나가 되기 위해
즐거운 게으름을 피우련다

하얀 독백

열기의 독화살
한 치의 오차 없이 마구 쏘아대며
푸른 세상을 독재하는
젊은 태양아!

하얀 얼굴로
두 눈 가리게 하고
온 세상 손아귀에 틀어쥔 듯
맘대로 뽐내지 마라

차마 그러하지 않을 것 같은
삶도 보잘것없나니

한 계절 성큼 지나고 나면
너 또한
아무것도 아닌 것을

밤하늘의 표정

밤비 내리는
하늘의 얼굴빛이 하얗다
오랫동안 사람들을 대신해
홀로 삼킨 세상의 비릿한 먼지
검은 먹물로
한껏 토해내고서야
밤하늘이 생기를 찾는다
가끔, 달팽이 마냥
뿌연 유리 창문에
빼곡히 달라붙는 빗방울들
세상의 시름 끙끙 앓다가 내버려둔
빈 가슴의 공터에
짓이겨진 꽁초처럼 쌓인 먼지마저
함께 가져가려고
유혹의 곡선을 그린다
눈여겨보는 동공의 문을 열고
몸속 깊숙이 파고드는
빗방울, 수천의 동그란 눈망울들
먼지가 빠져나간

영혼의 표정이 하얗다
밤비 그친 하늘이 말갛다

밤바다
– 정자 바닷가에서

예전에도 몇 번인가
엄숙한 밤에 마주친 적이 있다
몰래 만난 그녀는
마주칠 때마다
고르지 않은 몸짓으로
예민한 박자의 거친 호흡으로
정숙한 옷고름을 풀어헤친다
하이얀 포말의 거품 장식
알맞게 수놓은 치맛자락을
슬그머니 허리춤까지 끌어당겼다가
또, 놓기를 반복한다
순결의 떨림 하나로
그녀는 눈금의 높낮이도 없이
나를 들었다 놓았다 저울질해대고
그저, 그녀가 말하는 대로
모든 것 내맡기고
경계의 선 살포시 넘는 순간
치맛자락으로 발목을 칭칭 휘감은
그녀의 차가운 속살에

즐거운 비명의 화상을 입는다
여린 발목의 걸음이
몽돌 속으로 폭 폭 파묻히는 동안
넉넉지 못한 마음 하나가
치마 속 깊숙이 사라지고 있다
아득히 멀어지는 것이
새삼 기쁜 일이 되기도 한다

껍질

걸맞지 않은 옷
한 번쯤 껴입어 본 적 있는가

어색한 특권 중에도
그만한 것
내게는 더 없었노라

되뇌어도
되뇌어도
상표의 값을 감당하지 못하는
詩人의 옷 한 벌
그저, 폼 나지 않을 밖에야

걸맞지 않은 옷
한 번쯤 걸맞을 날 있을까

달과 함께 걷노라니

달과 함께 걷노라니
우주가 나의 친구로다

한 걸음, 두 걸음을 따라
달이 뒤따르고
우주가 빙그르르 돌고

멈춰 선 곳에서
우주의 공회전도 멈추나니

세상의 중심에
우뚝 서 있음을
정지한 순간에야 비로소 안다

벽 속에 숨은 길

벽 속에 숨은 길이 있다
잠 못 이루는 밤에
불쑥불쑥 치솟는 생각들이 들락거리는
아득한 길 하나가 있다
그 길은 우주로 가는 샛길이다
솜털의 잔뿌리도 없이
생각은 마른 가지를 뻗어나가고
자른 꼬리를 또 싹둑 잘라도
돌아누웠다 바로 누웠다 뒤척이는 사이에
눈덩이처럼 몸집을 불려가는
검은 밤 하얀 몽상들
벽 속의 길 너머 사라졌다가
화려한 옷을 입고 돌아온다
뚫고 뚫어도
흠집 하나 나지 않는 어둠의 갑옷들이
꽃무늬 장식으로 벽에 걸리고
밝아오는 새벽을 틈타
벽 속에 있는
길 하나 바삐 숨는다

질주

잠시 멈추라고
노란 눈동자가 깜박깜박해도
마음의 제동 조절하기 어려운 때는
경계의 속도를 넘어 탈출한다
제한의 선을 표시하는
엄숙한 얼굴의 빨간 눈동자도
폭풍우처럼 치달려온
과거의 추월 속도를 더 막을 수 없다
붉은 심장 끓어오르는 피가
굴곡진 혈관을 넘쳐 범람하고
긴장한 얼굴의 콧잔등에서
활활 타오르는 용암의 불꽃처럼
뜨거운 땀방울이 치솟는다
선을 넘어서는 순간
고비의 고개는 모래성처럼 허물어지고
산산이 부서진 생의 파편들을
다시, 되돌아보게 된다
귀처럼 붙어 있는 사각의 백미러 속에서
신기루처럼 보일 듯 말 듯

쫓아오고 또 멀어지는
아찔한 과거의 낯익은 모습들을

공단의 불빛

촘촘한 빛의 백만대군이
어둠 물리치는
울산 석유화학공단엔
그 어디에도
밤들이 쉽게 노닐 곳 없다

공단은
어둠 한 톨 자리 비집고 들어갈
빈 공간이 없는
따스한 가슴들의 점령지

밤하늘 별을 달구는
하이얀 섬광은
뜨거운 땀방울에 젖고 젖은
새까만 얼굴들이
온밤 내내 빚어내는 소금 덩어리

공단의 불빛은
길 잃은 가슴 속을 화롯불처럼 밝히는
이어도의 등대이다

제4부

공전空轉

바람이 온 세상을 겉돈다
구름이 헛발 내딛고 나뒹군다
한순간 제자리인 양 머물렀다가
아득히, 사라지고야 마는
정처 없는 허상의 넋들
세상의 그늘진 곳은
잔인한 소망들을 꽃피우는
어둠의 산실이다
바람이 구름을 떠밀고
헛도는 구름이
허공의 허리 끝에 울타리를 친다
검게 그을린 세상이
하얀 햇빛에 바삭바삭 타들어 간다
바람 따라 구름 따라
무게중심 잃고 돌고 돌아가는
세상의 바퀴는
오늘도, 공전을 멈추지 않는다

가을 소나타

아슬한 춤을 춘다
선뜻, 가을의 호외를 알리는
한 줄기 바람이

흔들리는 나뭇잎 속에서
곡예 넘는 풀잎의 몸짓 사이로
가을, 고독한 그녀가
춤추는 바람에 몸 실은 채
선홍빛 얼굴 내민다

과속으로 하늘 들판 달려가던
한 무리 처녀 구름 떼
저무는 서녘 하늘 끝에서
얼쑤, 손 맞잡고 강강수월래다

누군가 툭 건드려도
꿈쩍 않던
산 하나가 흔들리기 시작한다

오색의 징검다리

비가 내리고
단풍 물드는 가을날엔
붉은 혈관 속에
오색의 징검다리를 놓고 산다

때 묻지 않은
마음의 도랑에 일직선으로 걸치는
삶의 돌다리

누구나 할 것 없이
두드려도 좋은
지나가도 좋을 만한
듬직한 다릿발을 세우고

건너는 동안
잠시, 걸터앉아 쉬어도 좋은
그루터기 같은 다리

누군가가

누군가가
무일푼으로 건너가도 좋을

승무를 추는 낙엽

머나먼 곳
둘러본 푸른 바람이
조만간
가을이 올 거라더군

기다리던 손님
앉아서 맞을 수는 없겠기에
휑한 눈 깜박이는 회색 도시를 벗어나
가지산 석남사 계곡으로
붉은 마중을 나선다

천천히 갓길 걸어도
타박타박 서두르는 발걸음 알아차린
설익은 낙엽
하나, 그리고 두서넛
제 육신 비틀어
내디딜 발자국 앞에 떨어지고

기다림 또한

모름지기 사는 일 가운데 하나라고
소리 없는 춤사위로 길 막아서는
낙엽의 승무

온몸 덩어리
고이고이 접어 뒹구는 낙엽이
서둘러 나온
발자국의 흔적을 모조리 쓸고 가는
마지막, 보시를 하네

가랑비

한밤에
문득, 속삭이는 소리
비밀스런 모의가 벌어지는
창문 밖이
왠지, 심상찮은데

가을바람 불던
한낮에
온몸 덩실대며 춤추던 풀잎들
고단한 단잠을
깨우지 않으려는지

온 밤새우게 하는
조촐한 생의 짧은 생각들
오늘과 다가올 하루를 고리로 엮는
삶의 퍼즐 조각을
더 흩트리지 않으려는지

조용, 조용히!

땅 위로 동그란 발걸음 내려놓느라
방울, 방울마다
애써 분주한 몸짓들

가만, 가만히!
울림 없는 빗금의 박자에 귀 기울이면
어느덧
내 마음의 우주에 일렁이는
아! 설렘의 풍랑

먼 훗날에

먼 훗날에도
하이얀 독기 마구 내뿜는
담배 하나 물고서
가끔은, 창문 너머 밤하늘 넋 놓고 바라보다가
아, 그래 그거야! 하고는
영혼의 묵은 텃밭
여러 겹 주름진 삶의 이랑에
허한 낱말의 씨앗을
하나하나 홀로 뿌리겠지

짧은 청춘
짧고 짧은 것들이 모이고 모인
길지 않은 生
어쩌면, 한숨인지도 모를
감탄사 하나
아-! 끝맺음하는 말로 장식하면서
한순간 눈을 감겠지
먼 훗날에
아니, 더 훗날일지도 모르고
아니, 아니, 더 짧은 날이 될지도 모르지만

마른 물고기

누구나
누구나
맥없이 턱 걸려버리고 마는
잿빛 세상은
촘촘히 짠 그물이다

광야의 바다에서
빈 몸 부대끼며 버둥거리는
비늘 없는
고깃덩이 삶이 풍기는 아찔한 비린내
어느새 자욱하다

작은 구멍
밖으로, 밖으로 탈출하기 위해
입술만 벙긋거리는
눈만 깜박거리는

나날이 작아지는
그물 구멍 안의 식민지에서

벌써 다 자란
나는, 갇혀 사는 마른 물고기

귀뚜리, 귀뚜리야

이 보게, 이 보게나
온 밤
잠꼬대 요란하네그려

가을밤이라고
저마다 외쳐대는 고적에 흠뻑 취한
심중의 바다에
물론,
첩첩이 파문 일고 또 지우기도 하네만

황량한 사막 같은 영혼의 들판에
유달리 쩡쩡 울려 퍼지는
그대 목소리

쓸쓸해서 더 화려한 곡절이여

이 보게, 이 보게나
어딘가? 거기는
밤새워 얘기나 해 봄세

인연

원하든
원하지 않든 간에

누구를 만나면서
누구는 또 떠나는 것이다

만남과 이별의 무게가
동등해질 때
서로 자유로워질 수 있다

살 만큼 산 후에, 그제야

기다림 하나에서
그리움 하나까지

원하든
원하지 않든 간에

반전의 모놀로그

맹랑한 달인가 봐
동그랗게
동그랗게
맨얼굴 달랑 내민

훤한 낮에 떠도
아무렇지 않은가 봐
색깔만 푸르고 푸른 하늘 언덕 저편에
나 몰라라
덥석, 자리 하나 강탈한

오늘은 동그랗게 웃다가
어느 한 날 모른 척 표정을 싹 바꾸는
반쪽의 얼굴

그러다가
그러다가
언제, 언제 돌아설지 모르는
아! 반전의 모놀로그

나도 외로울 때가 있다

외로울 때
외로울 때는 말이야

이유야 많지만
이제 다 커서 외롭다는 말
차마 못 하고
괜스레, 괜스레 담배 사러 간다

뻥 뚫린 가슴의 구멍 하나 메우려고
동그란 달로
동그랗게

적빛 외로움의 얼굴을 다 아는
회색 바람에게
한 푼의 대가도 없이
한 모금씩
외로움을 빼앗기는 즐거움으로

가까운 길도

핑계 없어 먼 길 돌고 돌아간다

그냥
그냥

노오란 길 위에서

노오란 은행잎
한 무리 도란도란 짝을 짓고
나무에서 내려와
4차선 도로를 가로지른다

한 바퀴 뒹굴다가는
떠밀고 떠미는
찬바람에 옷깃이 낚여
썰물처럼 끌려 끌려가는데

어떤 잎 하나는
노오란 경계의 줄 넘어서고
어쩌다
나 같은 잎 하나는
공룡의 검은 발바닥에 짓눌린다

바싹
허물어진 육신의 노오란 성불에
눈이 시리다

아이러니

가비야운 바람이라지만
상념으로 몇 겹 에워싼 마음 정도야
쉬이 뚫는다
아무 망설임 없이

두꺼운 옷 껴입고
꼭
꼭
마음의 대문에 열쇠를 걸어 잠가도
빈틈이 많아
뚫리고 뚫리는데

선부른 상상으로 지은
허울의 집
고집불통 한 글자가 허물어진다
제멋대로 흩어진다

한바탕 바람이 훑고 간
마음의 곳간

순수한 빈털터리가 되어
먼지 한 톨 자릿세 요구하지 않고

죄다 잃고 비어서
헤픈 웃음 지을 때 더 좋을 만한
삶, 그것은
누구에게나 뽀오얀 안개 같은

삶, 그리고 모노그라피

아침에 마시는 커피 한 잔
독소 담긴 소주처럼 들이키다가
높다란 하늘 보고
길게 내뱉는 심호흡 한 번

저녁에 들이키는 소주 한 잔
달콤한 커피처럼 입맛 살짝 다시다가
동그란 달 마주 보면서
허허로운 웃음 한 번

자정의 도돌이표에 두 발이 걸려
또, 하루는 시작되고

다시, ……

세상, 그 속에서

아무리, 제아무리
영혼, 그 얼굴이 붉기로서니
서녘 도화지 검붉게 채색하는 태양
그놈보다야 붉겠냐마는

활활 용솟음치며
심장, 그 녀석이 끓어올라도
성난 얼굴로 모진 세상 달달 볶아대는 태양
그놈보다야 뜨겁겠냐마는

세상, 그 속에서
갖은 발버둥을 다 쳐봐도
한 획마저 긋지 못할
단 하나의 점으로 머무를지라도

가두어 담으리라
살포시, 두 팔 벌려 안아보리라
일그러진 군상의 우주를
소용돌이치는 품 안에

잠시 잠깐만
눈을 감고
누군가 보았을 리 없을 만한
허락된 한순간만

제5부

하루, 그것은

하루를 산다는 건
고개를 숙이는 일이다

노랗게 물든 한 알의 나락처럼
익어서, 익어서
정말, 그런 것이 아니라

한낱, 쭉정이라도
같은 세상 악착같이 버티려고
모둠발 디딘 채
빌미론, 살고자 하니깐

그러했으면 한다만

하이얀 방울
한 입 머금은 붉은 꽃 입술을
그윽이 보노라니
눈여겨보는 마음도 따라
그러했으면 한다만

푸릇한 얼굴
새색시 마냥 곱게 드러낸 하늘을
꼿꼿이 보노라면
넋을 잃고 보는 나도 덩달아
그러했으면 한다만

정작
네모난 세상을 요모조모 생각하다가
세모난 우리를
그 속에 끼인 나를 ……?

아득히 깊어진다는 것은
어쩌면

콧잔등만 잔뜩 시큰해지는
단순한 일일 밖에야

봄 밤의 서정

생각을 가다듬고 보면
도무지 앞 뒤 맞지도 않는
악몽을 연거푸 꾸는
어느 봄 밤
설핏설핏 들고야 말 잠이라면
차라리 저리 가라
멀리 내쫓을 요량으로
모퉁이 책상에 얼굴이 까무잡잡한 어둠
그녀와 덥석 마주 앉노라니
시댁 온 새색시 마냥
검은 치마 살짝 포개 들고
창문 넘어 하얀 버선발로 걸어오는
서정이 다정 노라
턱 괴고 앉아
아무리 들어봐도, 들어봐도
이승의 소리가 아닌 듯한
그 박자는

한 발, 한 발 내디딜 때마다
토닥, 토닥

낯선 시 구절, 그 삶 속에서
- 詩人 朴龍來 前

읽어도 읽어봐도
낯선 의미의 몇 줄 세월 속에서
나를 찾다가
그 시절, 그 사람이면 하다가

의미 하나, 숨결 하나
결곡한 느낌으로 호흡해야만 하는
푸릇푸릇한
사상의 우주에서 헤맸네

간결한 속 뜻
굴곡의 귀한 사연들
해독할 수 없는 암호 같은
몇 구절
천 길 수렁 속에 빠져서

넓디넓은 세상 엿보기엔
어리기만 하네
작고 작아서 멀리 보이질 않네

삶의 행간이 캄캄하네

서너 줄 시 구절에도
서정이 까마득하네

나로서는 말이야

나로서는 말이야
나마저도
이해되지 않는 날 살면서
두 가닥 더듬이로
허공 속 먼지를 낚아
생각의 곳간
차곡차곡 채워도 늘 굶주리기만 한
작고 작은 개미였네
잘록한 이념의 허리
보이지 않는 탯줄에 묶여
끊어질 듯
끊어질 듯

나로서는 말이야
아쉬워서
아쉬워서
아쉽지 않을 만큼을 위해
세상 마주 보고
조금만, 조금만 더 하면서 발버둥 치는

부서질 듯

부서지지 않는

예민한 삶의 끄나풀을 부여잡고

바득바득, 몸부림을 치는

빗방울 서정

비가 내리는 날
동공을 파고든 빗방울
가슴 언저리
툭
툭
떨어져, 떨어져

소낙비로
가랑비로
간혹, 토닥토닥

소곤소곤, 소곤소곤
호흡 다독이며
내 숨결에 박자를 맞추는 빗방울이여
서정이 다정하네

소쩍새

낡은 기와지붕이
손 내밀어도 닿지 않는 마당 어귀
동그라니 어깨 걸고 앉은
장독 사이
낙수 소리 떠들썩하고

어둑한 밤
젖은 날개 접은 소쩍새
비릿한 세상의 소금기 씻어내는
빗소리 가락에 맞춰
어느 뉘를 달래려는지

엄마 손은 약손
엄마 손은 약손

고향 집 툇마루 걸터앉아
이내 다가올 새벽
아니 기다려도 좋을 만한 흥에 겨워
밀린 잠 밀쳐도
좋을씨고, 좋을씨고

흑장미

사랑이 깊으면 절망인가

붉은 속살
새까맣게 드러내 놓고
활짝 거짓말하는

다 타들어 간 속내
한 번에
쉬이 들어내기는 싫은

붉다 붉다 하니 검은 듯
검다 검다 하니 붉은 듯

절망도 깊으면 사랑인가

동그라니

가만, 가만히
창가에 내려설 줄 아는
붉은 가을비는
쉬어, 쉬어 가려는 듯
멎고 멎었다
다시 오곤 하는 데

오던 비 멈춘
정적의 순간에도
젖은 세상의 단면 바라보는
한 눈 속에는
멎을 듯, 멎을 듯
상념의 비 그치질 않노라니

고인 물 스미고 스며
붉은 심장 한 편에 떨어져
톡
톡
낙수 구멍을 새긴다

동그라니
동그라니

새어 나온 꿈도 동그랄까

대략, 한 시간

벌써, 다섯 시 반

하루의 전조를 알릴 즈음
18층 베란다 한 귀퉁이를
성지처럼 점령한 의자에 포로가 되어
안개 머금은 하늘에
여린 눈빛 한번 적셨다가
간혹, 길가는 뭇사람들 발자국 속에
한 움큼, 한 움큼씩
갈무리 다 못한
좁쌀 같은 생각을 담는다

달짝지근한 커피 한 잔을
꼬박, 하루 치 식사대용으로 마시고
후-! 불면
금방 흩어지고 마는
담배 연기 같은 상념 속 헤매다 보면
대략, 한 시간

햇귀는 또-박, 또-박 밝아오고 ……

나머지 시간은
삶의 짧은 여분으로 남는다

공단별곡
– 울산 석유화학공단

비 오는 날에도
쉬지 않고
별 뜨는 곳이 있다

하나 둘 순번대로 찾아와
반–짝, 반–짝 눈빛 인사 나누다가
어느새, 빈자리 하나 없이
총총한 맵시 발하며
저마다, 하–얀 스카프 휘날리는

한마디 변명도 없이
세찬 소낙비에 뭇매 맞는 별 바라보는
한 눈망울도
덩달아 젖고 젖는데

비 오는 밤에도
어김없이
별 모여드는 한 곳이 있다

붓꽃

자세를 한껏 낮춰
내게로
네 마음을 한번 기울여 봐
좀 더 가까이
좀 더

회색빛 그늘로 가득 찬
네 마음의 도화지를 색칠해 줄게
푸르른 하늘로
하이얀 구름으로

이내 몸 닳고 닳아
끝내는
보오랗게 입술 터질 때까지

생각 주머니

모난 생각이 엇갈리는
머릿속 한 모퉁이에
개미가 산다
생각이 벌어진 틈새로
물음표 한입 물고 나르는
개미가 집을 짓고 산다
애써 먼 길 나서지 않아도
곰삭은 상념 많으니
처절할 이유 하나 없는 개미는
더듬이를 움직이지 않는다
생의 허기를 채우려
여섯 발가락 발버둥 치지 않는다
끊어질 듯한 허리띠를
더 이상 졸라매지도 않는다
머릿속에서
허리가 굵어진 개미는
물음표가 담긴 생각 주머니로
두툼한 집 한 채 짓고 산다

마음 다리기

종잇조각처럼
쉽사리 구겨지는 마음
널브러진 어둠의 파도 자락
모래처럼 깔고 앉아
밀고 당기는

밀물의 손길인 듯
썰물의 발자국인 듯

벌컥 삼킨
차가운 물 한 모금
발그란 숯불 같은 심장으로 데우고
서슬 푸른 세상에 베인
상처 자국마다
잘 달궈진 물방울로
톡!
톡!

딱지처럼 접혀진 마음 안에

콕 틀어박혀

숨바꼭질하는 소망

어르고 달래어

내일

한 번쯤 더 짓이겨져도 좋을

색다른 준비를 하자

나비의 꿈을 접고

네모난 벽돌 화단
가파른 벽을 오르다가
한 마리 애벌레
덩그러니 허공에 매달렸다
힘겨운 몸짓으로
헌 몸 뒤바꾸려는
너는, 변신을 꿈꾸는 카프카
이미 한 生은 가고
다른 한 生을 위해
준비하는 동안
그러나, 등줄기를 토닥이는 소낙비는
밤새 내리고

꿈을 접은 한 生이
오롯이
등신불이 되었다

삶, 그리고 모노그라피

펴 낸 날 2015년 12월 28일

지 은 이 진상록
펴 낸 이 최지숙
편집주간 이기성
편집팀장 이윤숙
기획편집 주민경, 윤일란, 박경진
표지디자인 주민경
책임마케팅 윤은지
펴 낸 곳 도서출판 생각나눔
출판등록 제 2008-000008호
주 소 서울 마포구 동교로 18길 41, 한경빌딩 2층
전 화 02-325-5100
팩 스 02-325-5101
홈페이지 www.생각나눔.kr
이 메 일 webmaster@think-book.com

• 책값은 표지 뒷면에 표기되어 있습니다.
ISBN 978-89-6489-550-4 03810

• 이 도서의 국립중앙도서관 출판 시 도서목록(CIP)은 서지정보유통지원시스템 홈페이지(http://seoji.nl.go.kr)와 국가자료공동목록시스템(http://www.nl.go.kr/kolisnet)에서 이용하실 수 있습니다(CIP제어번호: CIP2015035034).